P9-BJY-076

Palabras que debemos aprender antes de leer

compartir

dólar

grande

hambre

idea

refresco

www.rourkeeducationalmedia.com

Edición: Luana K. Mitten
Ilustración: Bob Reese
Composición y dirección de arte: Renee Brady
Traducción: Yanitzia Canetti
Adaptación, edición y producción de la versión en español de Cambridge BrickHouse, Inc.

Library of Congress Cataloging-in-Publication Data

Karapetkova, Holly
 Golosinas en el cine / holly Karapetkova.
    p. cm. -- (Little Birdie Books)
ISBN 978-1-61810-527-1 (soft cover - Spanish)
ISBN 978-1-63430-326-2 (hard cover - Spanish)
ISBN 978-1-62169-030-6 (e-Book - Spanish)
ISBN 978-1-61236-024-9 (soft cover - English)
ISBN 978-1-61741-820-4 (hard cover - English)
ISBN 978-1-61236-736-1 (e-Book - English)
Library of Congress Control Number: 2015944614

*Scan for Related Titles
and Teacher Resources*

Also Available as:

Rourke Educational Media
Printed in the United States of America,
North Mankato, Minnesota

rourkeeducationalmedia.com

customerservice@rourkeeducationalmedia.com • PO Box 643328 Vero Beach, Florida 32964

Golosinas en el cine

Holly Karapetkova
ilustrado por Bob Reese

¡A la elefanta Felicia le encanta el cine! Y también a su amigo Hilo, el hipopótamo. Hoy van a ver una película.

El león Leonardo y la jirafa Josefa han ido también. Todos quieren sentarse juntos. Pero primero quieren comprar algo de merienda.

—¿Me da una bolsa grande de palomitas, un refresco grande, una barra de chocolate y algunos caramelos, por favor? —pide Josefa. Ella siempre tiene hambre.

—Son cuatro dólares —le dice la mujer.

—¡Ay, no! —dice Josefa—. Yo solo tengo un dólar. Pero quiero todo lo que pedí.

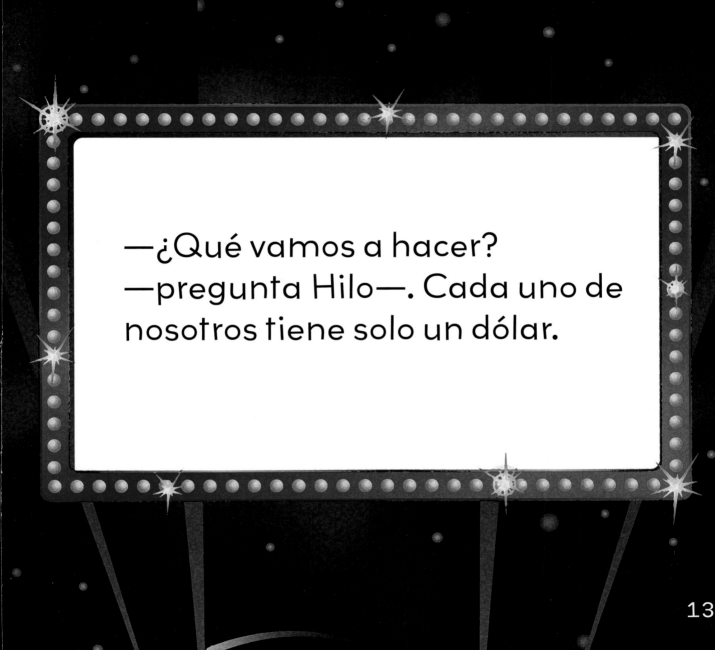

—¿Qué vamos a hacer? —pregunta Hilo—. Cada uno de nosotros tiene solo un dólar.

—Tengo una idea —dice Felicia—.
Podemos comprar una cosa cada
uno. Luego las podemos compartir
entre todos.

—¡Qué buena idea! —dijo
Josefa—. Tengo mucha hambre.

—¡Qué buena película!
—exclama Hilo.

—No tan buena como estas
golosinas —dice Leonardo.

—¡Qué rico! —dice Felicia.

—¡Qué rrrrrico! —añaden todos los animales.

—Pásame las palomitas —dice
Josefa—. Todavía tengo hambre.

Actividades después de la lectura

El cuento y tú...

¿Cuál fue el problema del cuento?

¿Qué hicieron ellos para resolver el problema?

¿Cuáles son tus golosinas favoritas en el cine?

¿Cuánto costarían tus golosinas favoritas?

Palabras que aprendiste...

A las siguientes palabras les faltan algunas letras. ¿Puedes completar las palabras con las letras que faltan y escribirlas correctamente en una hoja de papel?

compar_ _ _

dól _ _

g _ _nde

ham _ _ _

id _ _

refres _ _

Podrías... planear una noche de película con un amigo.

Imagina que tú y un amigo tienen $20 para gastar entre los dos. Usando la siguiente guía de precios, ¿qué podrían comprar?

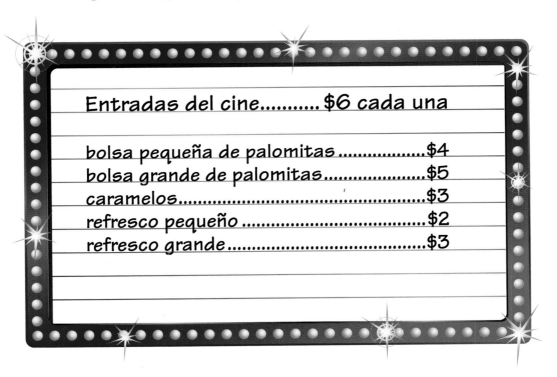

Entradas del cine............ $6 cada una

bolsa pequeña de palomitas $4
bolsa grande de palomitas.....................$5
caramelos...$3
refresco pequeño $2
refresco grande...................................$3

¿Te sobrará algo de dinero?

Acerca de la autora

Holly Karapetkova vive en Arlington, Virginia, con su familia y sus dos perros. A ella le encanta ver películas. ¡Pero las golosinas le gustan mucho más!

Acerca del ilustrador

Bob Reese comenzó su carrera en el arte a los 17 años, trabajando para Walt Disney. Entre sus proyectos están la animación de las películas *Sleeping Beauty*, *The Sword and the Stone* y *Paul Bunyan*. Trabajó además para Bob Clampett y Hanna Barbera Studios. Reside en Utah y disfruta pasar tiempo con sus dos hijas, sus cinco nietos y un gato llamado Venus.